薄明のサウダージ

野村喜和夫

書肆山田

薄明のサウダージ

もう遅い
狂ほしく茫々と
菫のミルクが立ちこめてくる
やうな　薄明のひとゝき
惑乱を
さがす
手つき
を集めてわたくし
とせよ

薄明のサウダージ

第一番（薄明を遊びつくせ）

薄明とは
空に巨きな
魚が浮かんでゐたりしたらすてきだと思ふこと
ほの赤い空を背に
葉を落とした木が
毛細管のやうな枝をひろげてゐれば
なほいい
私はといへば
もちろん魚に乗り魚を駆つて
しかし薄明とは

魚が鳥のやうには飛ばないし
落ちもしない
ただ浮かんでゐるだけ
だから時間といふ形式からも自由なのだ
と思ふこと
ついでに私も自由
かどうかはわからない
月をまねて輝く
魂といふ名の黄斑が
そんな私たちを飽かず眺め下ろしてゐる
やがて全き夜が
あるいは昼が
私にだけ重力についての
ありきたりな真理をもたらすとしても
それまでは

私よ
薄明を遊びつくせ

第二番　（ほらこゝが劇場です）

血の色をしたゼリィ寄せのやうな
薄明の町を私は
さまよひ歩いてゐた
友人が出る芝居に招待されたのだが
劇場の場所がわからない
するとふたりの役者のやうな通行人がやつて来て
ほらこゝが劇場です
といつて青い小さな扉を指し示す
ので中を覗き込むと同じ血の色をした

ゼリイ寄せのやうな町がひろがつてゐるだけ
劇場なんかないではないか
いやありますよ
押し問答のうちに私はその町に入り込んでしまふ
さうしてまたさまよふことになつた
劇場はどこですか
するとふたりの役者のやうな通行人がやつて来て
青い小さな扉を指し示す
ので中を覗き込むとまたも血の色をした
ゼリイ寄せのやうな町がひろがつてゐて
これぢやあ埒があかないなあ
と思つた瞬間
消えろ消えろ
なにやら台詞のやうなものがきこえてきた
ほんの自分の出番のときだけ舞台のうへで見得を切つたり

わめいたりそしてとゞのつまりは消えてなくなる
え？　誰？　シェイクスピアみたいないまの台詞
と思つた瞬間
私もまた役者の出で立ちで
月が出た月が出て地には卵黄ラブソングなどと
わめき始めてゐた

第三番（模造の象のうへで）

かつて
すべては象であつた
と模造の象のうへで喚いてゐる
あれはだれか
雲の二乗と二倍の雲の和は
象であつたし
女を二乗して三倍の私の影に加へたものから
空気を抜けば
ひとひらの海のやうな象であつた
女を四倍にして海を引くと

女と私を足して二倍にした風に
さらに一本の樹木を加へたものに等しい
といふ象であつたし
時のたまり場から虹や雪片を
引いたものを二乗すると
女に私を掛けて涅槃を引いた墳墓に等しい
といふ象であつた
狂ほしいほどに象であつた
それが薄明といふもの
いちめんに空の青はくすみ
たとへ墳墓と母の三乗が
くつついて墳墓の影にかゝりさらに
墳墓の二乗で割られると
墳墓の二乗と母との積の影が得られる
としても象であつた

すべては象であつた
と模造の象のうへで喚いてゐる
あれはだれか

第四番（復活）

ひそひそ
ひそひそひそ

――この路地で？
――さう、この路地で。
――でも、信じられないなあ。
――狭すぎるしね。
――いや、空間の大きい小さいではない。

――人が通ることができればあれも通れる。

――血も流れた？

――さあ、どうだか。

――仮にもし血が音楽でできてゐるとしたら、血は流れたと言へる。

――どんな音楽？

――フェルマアタめく血小板のあひだを、ヘモグロビンが狂ほしく咆哮するんだ。吹いてみようか。

――といふことは、おまへもあれのひとりなのか？

――あれそのものではないが、あれの影かもしれない。

――いや、あれこそが私たちの影でせう。

――あれは私たちを通してしかあらはれることができない。

――といふか、ほら、薄明ではだれもかれもが影になるんぢやないの？

――光もまた老いるし。

――つまらないこと言はないで。

――とにかく時間がない。確かめに行かう。

——こはいな。

——でも、復活してしまつた。

——さう、復活してしまつた。

——音楽とともに。

——影とともに。

ひそひそひそ

ひそひそ

第五番（自転車乗りのうた）

おい　自転車よ
こんな薄明に
なぜ逃げる　俺の自転車だらう
俺が乗ればこそ
おまへは輝く　おまへは美しい
俺が乗ればこそ
おまへのそのみつともない
触角のやうなハンドルもしなやかに動き
丸めがねみたいな車輪も
繊細にふるへ光る一対の銀翅となるのだ

おい　自転車よ
こんな薄明に
なぜ逃げる　俺の自転車ぢやないか
俺が乗らなかつたらどうなる
おまへはたゞの
黒や赤のフレエム
あの放置された自転車と同じだ
日に晒され　雨に打たれて
やがて錆のまどろみに没していくのだ

やばい　やばいよ
こんな薄明に

おまへが逃げたりするから
俺だつてたゞの人間になつてしまふ
重力に抗ふ悦びも忘れ
あの滑稽な直立歩行を生涯のつとめとして
あげくあふむけに棺に
横たへられたりする
たゞの人間に

第六番（遠いオレンヂ）

遠いオレンヂ
さう　遠いオレンヂだつた

おぼえて
ゐるだらうか
私たちはそこに連れていかれた
のにちがひなく
それから果実は時と混じりあひ

いまからして
終はりのない薄明にのぞんでゐる私たち
私たちとは誰だらう
答へはない
遠いオレンヂは
遠いオレンヂとしかいゝやうがない
のと同じだ
ただそこへ私たちは
ふたりとして浮かび上がつてゐる
これ以上の神秘が
あるとも思はれないのだ
私たちつねに
すでにふたり
互ひが互ひの顔を照らし出すやうに
あるいは言葉が

言葉を蔽ひあふそこだけ
蝕となるやうに
ふたり

遠いオレンヂ
さう　遠いオレンヂだつた

第七番　（都市と歳月と眠りと）

都市と歳月と眠りと
すべてがそこに積まれてゐる船
すでにして遊星のやうだ
私たちはそこに閉じ込められてゐる
来る日も来る日も
忘却と慰撫の作業
しかし卓上にはカアドが
ゲエムの途中で放り投げられ
そのへりに
途方に暮れた私たちの顔また顔が並ぶ

遠隔の者は言ふ
船はおまへたちの頭のなかに存在するにすぎない
陸に戻りたければ
ゲエムに没頭することだ
またべつの遠隔の者は言ふ
船はおまへたちを育んできた揺籃そのもの
ただ素直にそれに
運ばれてあることをよろこぶべきだ
しかし船を浮かべてゐる
おそろしく不可知な雲のやうな海
あるいは海のやうな雲の存在については
誰も何も言はない
都市と歳月と眠りと
薄明と貨幣と病ひと
すべてがそこに積まれてゐる船

もうどこに帰りつくといふこともなく
すでにして遊星のやうだ

第八番　（さうだサアカスを見に行かう）

薄明がいよいよ増してきたら
さうだサアカスを見に行かう
ほらあの天幕
ゆあーんゆよーんといふ空中ブランコの音
さへ聞こえてきさうではないか
玉乗りの女曲芸師だつてゐるし
炎の輪をくぐる猛獣たちだつてゐるだらう
危険を飼ひ慣らすといふこと
醒めた陶酔を
張りめぐらすといふこと

にもまして主役は
私たち観客
目玉だけの存在となつて
ひたすら円形のなかの驚異をみつめる
そこにみずからの内臓が
もつともしなやかに奪はれてある
かのやうに
なぜなら驚異は
決して外に出て行かないし
茶色い戦争と混ざり合つたりはしない
興行が終了したら
あとかたもなく天幕は撤去され
ひるひなか
そこにはペンペン草が揺れてゐるだけ
いやさうではない

ひとり道化師はこつそりと町なかに出て
人の崩壊をあやつりつゞける
世界こそは彼の
果てのない内臓

第九番（形而上学のやうに言ふなら）

——あ、負けちやつた、

——卓上は原つぱ、
われわれの勝ち負けが、
廃材のやうに無造作にころがつてゐるよ、
でも、手が読めなかつたなあ、

——何かに気をとられてゐるうちに、

べつの何かが忍び込む、薄明ではよくあることさ、

——いや、形而上学のやうに言ふなら、
誰の心のなかにも、わけのわからないものがひそんでゐて、
われわれはそれを相手に右往左往してゐるのに、
それはするりと捕捉を拒み、
あとには不思議な欠落感だけがたゆたふ、

——いや、心のなかなんかぢやなく、
いましがた、ほら、たしかにわれわれの背後を、
何かとても大切なものが通り過ぎていつたんぢやないのか、
われわれはゲエムにかまけてゐて、
そのことに気づかなかつた、

だから明日、子供たちの病ひは癒えず、
ひとは微笑みを失ふだらう、

——薄明を生きるつて、
参加しないうちから敗北を宿命づけられてゐる賭け、
みたいなものなのね、きつと、
でも、何なの、その、
とても大切なものつて、

——それを言葉にできたら、
賭け事なんかしてゐないよ。

第十番（花鳥）

この花
アネモネだらうか
鮮血を練り込んだやうな
そしておまへ
さへづりを忘れた鳥
むかしはおまへたち
花鳥といつて
うたの題材だつた
しかしいまは誰もおまへたちのことなんか

うたはない
だから私は
おまへたちをまるごと
過去に送り返してやらうと思ふ
さうすればおまへたちの
出番もあらうといふものだ
いや
さへづりを忘れた鳥
おまへがこの花をくちばしに銜へて
薄明の空を飛んでゆけ
するとそのまま
過去だらう
薄明には時間が錯誤しやすいからね
ところでこの花
どこで摘んだと思ふ

ほら
きのふあの辻のアパアトで殺された
かなしい女の
ゆびとゆびのあひだからさ

第十一番（空中の人は考へる）

空中の人は考へる
なぜいま自分は
ふはつと浮いてゐるのか
ほんたうは千鳥足で
まだ地上を歩いてゐるのに
酩酊のせゐで
ふはつと浮いてゐる
やうな気がしてゐるだけではないか
いやちがふ
自分は酔つて車に轢かれ

正真正銘いま昇天しつゝあるのかもしれない
まさかまさか
空中の人は考へる
真相はどうあれ
ふはつと浮いてゐる
このふはつ
が大事
と思ひたい
水めく塔のゆらぎのやうな
胎の子の夢のくつろぎのやうな
ふはつ
あらゆる悲哀を町に残して
花の繊細さのまゝ
ほとんどもう気化してしまひさうなのだ
生きるつてアロマだつたんだ

といふたまゆらの
ふはつ
致死量の希望のやうな
ふはつ
あたりはもうどんどん薄明になつて
身を焦がすほどの
ふはつ

第十二番（薄明が終はるとき）

薄明が終はるとき
私もまた終はる
いま私は蒼ざめた馬に乗つて
この街を去らうとしてゐるが
薄明のあひだずつと
死は私において熟しつゝあつたのだ
さうでなければ
いまあなたによつて
不在の私がこんなになつかしく

こんなに逆さになるまで
想起されたりはしないだらう
いや私を振り落とさうとしてゐる
この馬も不在だし
この街も不在だ
さうでなければ
こんなにも薄明があなたの心を
とらへるはずもあるまい
いま私はといへば
完全な死体として夜の
あるいは昼の側へ
送り込まれてゆく
さやうなら
女を二乗して三倍の私の影に加へたりも
夢のまた夢

さやうなら
冬木の枝のやうな毛細管と
月をまねて輝く
魂といふ名の黄斑と
それらはこゝに残しておかう
つぎの薄明のとき
あなたがそれらを身にまとふであらうから

夜の臍

1 （夜の臍へと）

夜の臍
へと

2 （みんなどこへ）

夜の臍
へと
真夜中
みんなどこへ行ってしまったか
ほの赤いあのゼリー寄せのような薄明の街の住人たち
それからまた薄明が終われば私も終わる
などと書いていた
ほかならぬこの私
みんなどこへ行ってしまったか

3 （旗よりもはためく）

夜の臍
へと
そう
どこにも行きはしない
それぞれの場でそれぞれの身をいっそう深く闇にひたして
いるだけ
という言い方も正確ではない
真夜中
その闇は人や物からたぶんその中味を奪うふんだんに奪う
翼状に

旗よりもはためく

4 （ほらこの扉）

夜の臍
へと
私はといえば
真夜中のさらに真夜中
ほらこの扉
と誰かに指さされて
なかでひそひそ私の抹消について虫が凝議しているかもしれぬ
ほらこの扉

5　（いっそう昼が）

夜の臍
へと
私は扉を開く
私は驚く
もはや闇ではない闇ですらない
なぜならその裏側でいっそう昼が熟していたのだ
あるいは
終わらない私が
裂けたあけびのように

6（ガーベラ）

夜の臍
へと
ほらこの花も
裏側で熟した昼を吸うだけ吸ってそのせいかすこし赤みを帯び
ひっそりとひらいている
ほらこの
ガーベラ

7（星のシャワー）

夜の臍
へと
あるいはたゆたう半睡のわが脳のなかに
うごめいている人形
を抱くきみ
を抱く終わらない私
を抱くぼろぼろの種字曼荼羅一枚
で
どうだったと私はきく
星のシャワー

ときみは答える

8 （ネムネム）

夜の臍
へと
集う不詳肌
私たちはそのうえで
名を交換したり名をごちゃまぜにしたり
ネム
ネムネムしよ
からだめぐるネムネム
空気ネムネム
しびれの地よどみの日

暴動を
壊乱を
匂わすために
ネム
ネムネムしよ
待ちかねネムネム
使い捨てネムネム

9（浮く油脂）

夜の臍
へと
真夜中に乗るりんご
それは卵かもしれない
真夜中に生えるきのこそれは
人類かもしれない
そして真夜中に浮く油脂それはツァラトゥストラ
かもしれない

10 （眼がうようよ）

夜の臍
へと
だがそのへりを
恐るべき帯状をなして
うようよ
眼がうようよ
いにしえの反乱がうようよ
または跳ねる染色体が
たわごとの狂ったウミウシへと
跳ねる

11 （びゅんと飛べ）

夜の臍
へと
ちぢんでいる
世界はちぢんでいる
ああ
みんなびゅんと飛べ
胴のあたりからねじきれて
びゅんと飛べ
美都混土裏亜祭！

12 （夜の臍へと）

夜の臍
へと

跳ね月クロニクル

i （キャンパス）

跳ね月の跳ねて
ふたつに輝き出す頃
街外れに出来たばかりの
とある工科大学を訪れたのだった
そこで愛の技芸を講じてほしいと頼まれて
きみと一緒だった
キャンパスはとても奇抜
いつのまにか道自体がせり上がりはじめ
金属板をしきつめた斜面となって
空の方へ湾曲している

なんのトロピスムのいたずらなのだ
仰ぎ見ると
頂きにぎらりと太陽の反射
ところどころに奈落もある
のぞくと水平に風がさまざまな文書を運んでいる
オバビニア文書
ルイセラ文書
さてどうしようか
学生たちはなおも高みへすいすい歩いてゆくのに
私たちは四つん這いになって
それでももう限界だ
愛の技芸
どころではなく
下で落ち合う先をきみに告げて
ずるずると私から滑り落ちてゆく

ii（プラネタリウムが燃えている）

納屋を兼ねたオフィスで
性を研究していると
外で誰かが火事だと叫んでいる
隣接のプラネタリウムが燃えているのだという
あの模造の星たちの空が
燃えて撚れて
どうなるのだろう
なんて考えるひまもなく
延焼を恐れて
あわてて床をはがして地面をみると

苗のような火がちろめいている
これならまだ間に合う
と私は判断して
かたわらの陶器のかけらや
古い体液のほろほろした雫で火を埋め
性の研究をつづける
つづけなければならない

iii (コクーンのようだね)

高所の愛からの帰り
私たちはバスに乗って街に下りたのだった
途中
坂のヘアピンを曲がるたびに
バスはひどく揺れ
布やら紙やらと一緒に
右に左に降り落とされそうになる
きみの顔の横の
小舟のような跳ね月が
まわっているよ

ようやく愛と
放心の分岐点に着くころには
きみは布やら紙やらですっかりくるみ込まれ
コクーンのようだね
と私は笑う

iv （デュビュッフェ片その他の片）

ススキの放散する向こうに
地理が開かれた
どこか小手指のあたりの
なつかしく畑の展開する風景だろうか
もちろん雑木林も
でも空がすこし変だよ
ときみが言う
そうだね
ぼんやりと泡のような
昼の跳ね月をかすめて

皺が走ってる
ところどころよれたようになって
と私は応じる
やがて空はモザイク状にひび割れはじめ
そのかけらが何枚か落ちてくる
どれも子供の歪んだ顔のようなので
私たちは小手で指し
名づけるのだ
デュビュッフェ片
その他の片

v （デュオの練習）

さあデュオの練習をしよう
と師は言う
からだとからだを微妙に絡ませ
そこに意味深い空隙をつくり出すこと
さあデュオの練習をしよう
言われるままに
私はきみに近づき
きみのからだを両脚に入れてまたぎ越す
すると師に叱責されるのだ
触れてもいいんだけど

郵 便 は が き

〒171-0022
東京都豊島区南池袋2-8-5-301

書 肆 山 田 行

常々小社刊行書籍を御購読御注文いただき有難う存じます。御面倒でも下記に御記入の上、御投函下さい。御連絡等使わせていただきます。

書名

御感想・御希望

御名前

御住所

御職業・御年齢

御買上書店名

それは性的接触からの
無限に小さい無限のずれであるべきなんだよ
きみも口をとがらせて非難する
あたしが下をくぐろうとすると
ペニスが触れて困るんです
そういうこと
と師は言う
からだとからだを微妙に絡ませ
そこに意味深い空隙をつくり出すこと
私は途方に暮れ
試みにきみを回転させると
跳ね月のそげたような
未知の女の顔があらわれる

vi （巨大プロジェクト）

巨大プロジェクトだね
と私はほめたたえる
ふつうの女の子ふたりが石膏で
自分たちをモデルにした等身大の性交模型をつくり
それは毛の一本一本が
蒸れた熱を発しているようにリアルだけれど
それをさらに街頭に放置したのだ
人のざわめきを吸ってそれはどんどん膨れ
いまやリリパットの国の
ガリバー大だ

毛もガリバー大だ
女の子ふたりは
起重機でそれをつり上げ
街の眼が陥没して出来たU字谷のなかに
どーんと落とす

vii　（駱駝が言ったこと）

ひとしなみに生きよと強制されて
いたような気がする
そこで私は歩いていった
郊外の
生地から駅へとつづく道を
いつもの道ではなくその一筋北側の
川沿いに整備された遊歩道をえらび歩いていった
のだと思う
なつかしいものらから離れるために
すると思ったより早くいつもの道との合流点に出た

そこへ駱駝使いが駱駝をつれてやってきて
駅への私の進路を妨害する
遊び半分の脱出だ
何が起きても不思議ではない
私は先を譲ろうとした
駱駝使いもどうぞお先にと身振りする
それじゃあ、と先に出ようとすると
駱駝の鼻面に阻まれる
どういうことだ
ここは砂漠じゃない砂漠へ戻れ
言いながら後退すると駱駝も私の尻についてきてしまう
うっとうしい
私は
なつかしいものらへと引き戻されてしまうではないか
大丈夫われわれはそれぞれが有限だからこそ

過剰と超過へと避けがたく開かれている
それが彼方への合図だ
と駱駝が言った

viii　（ミミズ）

跳ね月のいよいよ跳ねて
天空へ
バスに揺られながら
いまなぜかミミズだ
あちらに一匹こちらに一匹
とまるで神出鬼没なのだから
同じミミズなのか
それとも複数いるのか
ミミズは出現のたびに変容しているらしい

出口のドア近くで観察すると
白い毛がびっしりと生えている
たとえて言うなら
揚げるまえの衣をつけた状態の海老フライ
そこから足まで生えてきているではないか
ミミズと言うより
なにかの雛
あるいは小さな哺乳類の仔かもしれない
にもかかわらずそれを
ミミズと呼んでいる
ゆえに
私はその生命体にミミズからの連続性を見出そうと苦労している
私はその生命体にミミズからの連続性を見出そうと苦労している
依然としてそれをミミズと呼んでいる以上
まだどこかにミミズらしさが残っているはずではないか

排除的に包摂され包摂的
に排除され
そうこうするうちにミミズは消えてしまった
のではなく
前方の乗客のひとりの衣服にもぐりこみ
男だか女だか
その乗客は悲鳴を上げる
しばらくして
今度は私のシャツのなかにあらわれ
背中のあたりをもぞもぞと動くので
やめてくれ
私は私自身ミミズのようにのたくりながら
声にならない脱自の叫びを上げる
包摂的に排除され排除的
に包摂され

天空へ
大切なのはミミズだ

ix （解剖台のうえのぷよぷよ）

解剖台のうえの紙媒体の山から
煙が出ている
何かくすぶっているのだ
さきほどホームセンターで買って来た
ぷよぷよと柔らかく
それでいて弾力ある物体が
工作の途中で放り出されてしまったため
何かしらの化学反応を起こし
熱を帯びて煙を出しているのだろう

紙媒体をかきわけてようやくその物体をみつけるが
煙はどうにもとまらない
このまま放っておいたら
いつ発火するかも知れないので
私は思わず
道路の向こうの太陽肛門
と読めてしまう大腸肛門科に放り投げてみるが
物体は投げ返されてこちら側の側溝にころがる
側溝のさきに処理槽がある
そこには何でも溶かしてしまう液体が貯められていて
いやなもの変なものはそこに捨てるルールになっている
私もそれに従った
物体はジュージュー音を立てながら沈んでいく
やれやれこれでなんとか処理できたかと
解剖台に戻ると

今度は床を突き抜けてその物体が飛び出し
相変わらず煙を出しながら
跳ねまわる
生きているのかこいつは
そうだよ
おまえの生の最後の燃焼だよ

x（コラボレーション）

煌々と
跳ね月に照らされて
果てしなく
古い高層のビルがつづいているね
私たちはどこか空き部屋を
とりあえず睦み合えるようなところを
と思ううち
ビルはどれも無人
ときみが指さす
ほんとだ

窓にはガラスがなくて
それ自体がしゃれこうべの眼窩のよう
まるでビルの墓場を行くようだね
あるいはビルほども大きい墓石のあいだを
歩いているんだろうか私たち
とぎれとぎれの
そんな会話のたびに
コラボレーション
ほろほろとビルの壁は崩れ
そこから
つる性の音楽がたちのぼる

xi

（危機は去った）

跳ね月の終わりの頃
廃屋になったブックセンターの床に
さわさわと多毛の虫を走らせたあと
危機は去った
危機は去った
と誰かがわめいている
たぶん私だろう
何の危機だったかはわからずじまい
あるいは地下鉄のホーム
不穏な空気を感じた私たちのひとりが

円柱の影に身をひそめる
するとほかの誰彼も身を低くする
数分ののち
危機は去った
何の危機だったかはわからずじまい
祝福のためにか階段を女たちが降りてきて
私はひとりひとりを抱きしめる
最後の女
つまりきみがいちばんなつかしく
その柘榴のような性器にキスしたいと思う

xii （すべてが崩れ去る）

そして跳ね月の薄れて
月がひとつに戻りかける頃
街はずれの広大な野原で
とあるスペクタクルを見物したのだった
やはり
きみと一緒だった
群生するあれはホトケノキザシ
その向こうに
山のように巨大な日本式家屋が立ち上がり
まずその前面が土埃とともに崩壊する

家屋の断面があらわれて
誰か人がいる
サムライとか母の母とか
二度目の崩壊が起こり家屋のさらに奥があらわれる
誰か人がいる
コミュニストとか侏儒とか
三度目の崩壊ですべてが崩れ去る
野原はいちめんの木片木屑
人の片腕や液晶画面
法被を着た人たちがそれを棒で払いながらすすんでくる
もうすぐ私たちのいるところへも
残骸が飛んできそうで危険だ
にしても
すべてが崩れ去る
すべてが崩れ去るのだ

眼多リリック

まず顔貌、つぎに幾何、と辿るうち、
夢に囚われの、われわれ、
眼多、リリック、

ひとまずそのように、韻を曳こうか、夢に囚われの、
われわれ、夢に奪われの、われわれ、
であると知る、われわれの、夢に囚われの、
問われ、毀れ、仮縫われ、
まず顔貌、つぎに幾何、

隣接して、死者たちの瞳、螺旋状に巻かれたハガネ、組み合わされた手、
それらに囚われ、仮縫われ、われわれ、
問われ、おとなわれ、
おとないもする、

死者たちの瞳、瞳のなかのわらべ、
憂鬱の黒い太陽のような、隣接して、螺旋状に巻かれたハガネ、
組み合わされた手、手の妖気、
それらもまた、起源を奪われ、帰属を見失い、
夢へと仮縫われ、すなわちそれらが、
ほとんど言語であるとは、物象が物象のまま、
だが物象の物象性は死に至らしめられ、ほとんど言語であるとは、

円トハ
球体カラノ脱落デアル
而シテ円カラモ脱落シテイク
不眠ノ愛ノ蟋蟀
弥勒ノ片耳
誤謬ノ死ノ繊維

ほとんど言語であるとは、われわれが、夢に囚われ、
をさまよう、だが同時に、夢に囚われ、がわれわれ、
をさまよう、夢に囚われ、をさまよう、われわれを、
さらに別様の、夢に囚われ、がさまよう、われわれ、

であると知る、夜なき夜、

度し難い機械状、犇めき合う無人、
誕生と死とのあいだの、石とガラスとのあいだの、
メタリックな狭間、
眼多、
リリック、

浮かび出てしまいました、われわれ、浮かび出てしまいました、
金臭い、泥のわらべの、仕方ありませんね、
われわれ、眼多、リリック、われわれ、夢に囚われ、
きれぎれの悲歌、きれっきれの滞留、

逃れることはできないのだ、せめてその場で跳べ、痙攣であれ、
囚われの言語、跳べ、痙攣であれ、おまえたち、

前後幾重にもふえ、どれが本体であり、残像であるのか、
おまえたち、われわれ、予兆と、現在と、痕跡と、
そのすべてとなって、跳べ、
痙攣であれ、

夢に囚われの、われわれ、
われわれに囚われの、夢、
なおもそのように、韻を曳こうか、
その交錯において、ふいに生が深まる、ほうへ、

ふいに生が深まる、
ほうへ、

轍の私に沿って

i（轍の私）

轍の私へ、情欲が飛んでくる、情欲が飛んでくる。

というのも、紅葉の稜線をのぼってゆくと、思いがけなく雪の斜面に出た。そこをスキーではなく、橇に乗り腹這いになって滑ってゆくのが流儀らしい。私もやってみる。次第に加速がついて、それ自体は心地よいが、やがてブレーキをかけてとまらなければならない。それには体をどう動かしたらいいか。その動作ができず、山峡の集落に出てもそのまま滑り続けていると、いや立ち上がっても橇を制止できず、おまけにどこでどう方向が逆になってしまったのか、いまや滑り降りてくる人たちとは逆方向にすすんでいて、人とともにものすごい勢いで雪や氷の塊が飛んでくるのだ。それらにぶつからないのが不思議なくらいだと思う。いや、それらが飛び去るのを眺めやる余裕すらある。見送っているうちに、私にはその雪や氷の塊が、人の情欲が人の外に出てかたちを得たもののようにみえてくる。いまや橇はなく、雪解けの轍のぬかるみを歩く私に、情欲が飛んでくる。情欲が飛んでくる。半透明で、さまざまな形状をして、ぶつかると危険で、だが溶けやすく、破砕されやすい。もしそれをかわしそこねたりしたら、どうなるのだろう、轍の私は。

iii（所有なき所有）

結論だけ言えば、愛のあまりの凶行であった。欲望の対象を所有することができないのなら、いっそ対象を殺して所有なき所有を遂げてしまえ。私は殺した女を車の助手席に乗せ、死体遺棄へと出発する。元アイドルタレントの女の肌にはすこし死斑が出て、蝶の織りなす影のようにみえる。はるか遠くの夏空には、稲妻の卵。あの真下のあたりの山麓の、しっとりとした腐葉土に棄てよう。

iv　（春の悦び）

でも、遠くまで来すぎたようだ。まるでシベリアの流刑の地のような雪の森の果て、神秘な沼のほとりで、私はなぜか詩を書くことを赦されている。頭を挙げると、着飾った女たちがやってきて、一緒に沼に入ろうという。季節は春なのか、沼は凍っていない。女たちは冷たがる様子もみせず、また服が濡れるのもいとわず、つぎつぎに沼に入り、ずぶずぶと膝までをひたし、さらに深いところにすすむ女もいる。春の悦びそのままの女たちの動きに、私も引き込まれてゆく。裳裾が花のようにひらいて、沼のうえに万華鏡のような模様を繰り広げる。もうほとんどワルツだ。いつのまにか男たちもまじっている。裳裾の下はどうなっているのか、下着をつけていない女もいるようで、相方の男とその場で結合しかねない勢いである。いや、もう結合してしまっている女もいて、相手はほかならぬ私だ。するとどこからか、「水姦罪だ、世にもおぞましい水姦罪だ」という声が聞こえてくる。

v（道の駅にて）

水から出て、あるいは出ることを余儀なくされて、そのままホテルまで歩き、同窓会か何かのパーティだろうか、私は初恋の相手だった女をみつけ、話しかける。それからふたりでタクシーに乗った。馬車のようにもみえる狭い後部座席に、かのボヴァリー夫人とその情夫のように。道はどこまでもつづいている。会場から離れてしまうが、もう戻らなくてもいいだろう。人気のない田舎道。女は容貌が衰えたようにみえるが、気のせいかもしれない。彼女のほうからからだを寄せてくる。私が手を腰にまわしても、嫌がらない。もしかしたら抱いてもいいという合図かもしれない。もう一度女の顔をみると、いくらか昔の美しさを取り戻しているので、私はその気になりはじめる。道の駅のようなところに寄る。女は笑いながら、いまの私のボディをあなたはもてあますだろうと言う。昔の私だったら、痩せっぽちのあなたにぴったりだったのに。「ちょっと待ってくれ、トイレに行ってくるから」と私は言う。ところが、便器だと勘違いして、水飲み場の水盤に放尿してしまう。警備員がやってきた。何かの軽微な罪に問われそうで、あわてて私はその場を離れる。

vi（火の雫）

かなり走ったので、息があがる。振り返ると、私の住むマンションのすぐ向こうで花火が上がっている。奇妙な花火だ。あえて言うなら可憐、と言うべきか。人が手にかざした曼珠沙華のような、あるいはガーベラのような花火で、炸裂するさまもまるでスローモーションをみているようだ。あるいは液状の花火。そのくせ、火の粉、いや火の雫は派手に降りてくる。私はそれを手で掬って、マンションから出てきた浴衣姿の若い女にかけてやる。祝福のつもりだったが、どうも何か犯罪行為にあたるらしい。

vii （罪は罰に、罰は罪に）

けれども、罪は罰に、罰は罪に、果てしもなく還流する。たとえばカプセルに人を入れ、蓋をし、電流を流す実験。つまり処刑だが、まず姉とおぼしき女が、近親の誰かをカプセルに入れ、蓋をする。それからボタンを押して高圧の電流を流した。カプセル内で人はほぼ即死の状態となるが、顔の表情はあまり変わらない。だがなおも電流を流しつづけると、徐々に変容があらわれ、死者は皺寄った老婆のような顔になり、さらには黒焦げの炭化した顔になり果てる。今度は私の番だ。カプセルのなかにいるのは昔の恋人とおぼしき女だ。しかし私はなかなかボタンを押すことができない。女は目を閉じて処刑されるのを待っていたが、まるで待ちきれなくなったように、いったい外はどういう様子なのかとまばたきをするのがみえる。はやくやれ。そのほうが処刑される者にとっても幸いなのだ。猶予を与えるというのは、それだけ苦痛を長引かせるということである。はやくやれ。しかしそう言っているのは私ではない誰かで、私はといえば、なんとカプセルのなかにいて、目を閉じ、いまかいまかと処刑されるのを待っているかのようではないか。

viii （逃亡はつづく）

そこで私は、カプセルの蓋を開けて逃亡する。いつのまにか妻も一緒だ。さんざん追っ手に追われながらも、南国のとあるレジャー施設に逃げ込む。奥へ奥へと迷路を辿ってゆくと、穏やかな顔立ちをした人たちばかりがいるスペースに辿り着いたので、もうここなら安全だ、そう思って私たちは彼らのなかに身を横たえる。まったくなんというくつろぎだろう。妻は風呂から出て来て、上気した顔をしながら、とてもいいお風呂だったよ、と言うので、私も入ろうかと、廊下を行くと、途中で見覚えのある顔の男とすれちがう。追っ手のひとりだ。やばい。戻って妻に告げたあと、私は妻をさきに行かせ、ひとり残って追っ手を巻こうとする。地獄へ降りるような暗い階段を下ったり、ひとひとりようやく通れる抜け穴を、リュージュの選手のような姿勢でくぐったりして、なんとか外に出ることに成功するが、逃亡はつづく。ところが、いつのまにか私はショベルカーに乗り、逆襲に出ている。屈強な男たちもこれにはかなうまい。私は奴らを片っ端から瓦礫のように処理してゆく。

ix　（旅の不思議）

果てしなくつづく瓦礫の山よ。わが攻撃的逃亡よ。すると前方に女のようにうねるなにかがあらわれ、私はそれを追う、追われている身なのに、追う。女のようにうねるなにかは、女そのものであったかもしれない。めくるめくひととき。だが、いつのまにか私は列車に乗っている。沼沢地に入り、線路もなくなったのに、列車は走っている。いったいどういうことになっているのか。列車の下はうっすらと女の肌かもしれない。何にせよ、運転手の超絶技巧によって、ストライプ状にうねる泥のうえを、サーフィンでもするごとく、列車は走っている。まるで潜在の線路があるかのようだ。ハラハラドキドキしながらも、私はこの旅の不思議に打たれる。ふたたび線路があらわれ、普通の列車の旅に戻るが、その瞬間、私は車掌から共生猥褻の疑いをかけられて罰金を要求される。共生猥褻？

x （排水溝）

そう、強制わいせつではなく。たとえば小屋のようなところに少女を監禁したのは私だが、まだ彼女に何もしていない。少女は壁に向かって立ち、下の溝に排尿しはじめる。私は少女の股の下に顔を入れ、ぱらぱらと降ってくる尿を浴びて恍惚となる。だが、どこまでが罪で、どこからが罰なのか。というのも、いつのまにか、私の顔は溝のなかにあり、みるみる溜まってゆく尿のなかに溺れてゆくのだ。やがて私の顔は、ほとびてくしゃくしゃになりながら、尿とともに排水溝の穴に押し流されてしまう。

xi

（菩提寺まで）

私は消滅した。つぎの私は菩提寺まで、自身の卒塔婆をかかえながら。山門をくぐると、寺ならぬソープランドのような建物があらわれ、ドアのところで卒塔婆がひどく邪魔だ。預かりましょう、と、お坊さん風の従業員に言われて、その通りにする。やがて、サービスする女性があらわれるが、ひどく不細工なのでがっかりする。肉体はすばらしいのかもしれない。顔をみないようにすればいいか。こちらへどうぞ。女の手招きについていくと、なんと店の外に出てしまう。そこであらためて名前を問われる。キワオ。キバオ？　ちがう、キ、ワ、オ。女は外国人なのか、片言の日本語だ。さきほどの従業員らしき男もいて、名前を書き取る。それからふたたび女に導かれて、墓所のようなところに行く。え、こんなところでやるの。奥の方が私たちの場所よ。そこに行ってみて。言われた通りに行ってみる。ベッドらしきものはどこにもみあたらないが、塹壕のように、いやそれこそ墓穴のように穿たれた窪み、そこにすでに女は横たわっていて、そうかここでやるのか、私は女に覆い被さっていく。さっきの顔とはちがう感じなので、うれしくもなるが、女は口や鼻から血を流していて、病気なの、と言う。だからからだも変なの、チェックしてみて。実に流暢な日本語だ。私は興奮して、首から下の女体の探検にとりかかる。

xii（人を喰う）

あるいは人を喰う。人はひどく小さい。目刺大だ。しかも、それこそ目刺のように頭をくり抜かれ、藁を通されて束ねられた人ふたりを、私は口に入れる。少しばかり、サトゥルヌになった気分だ。嚙み砕こうとするが、味を考えるとその気になれない。そこで呑み込む。ひどく消化が悪そうだ。頌歌が奪われそうだ。じっさい、しばらくのあいだ、人が胃のなかにいて、その骨が胃壁にぶつかったり、その叫びが胃酸とまじったりして、すこぶる気持ち悪い。腫れワタッ、腫れワタッ、謎は解けないまま、謎に還るようにして、人の生は終わる。

閾をひらく

1 〈閾をひらく〉

閾をひらくとは

2（逃亡）

闔をひらく
とは
逃亡だ　私という
骨でできた城を
奥へ奥へ　骨はやがて
恐ろしい化学変化をとげたように
黄変し　ぼろぼろになり
そのあいだを
さらに奥へ　もはや骨もなく

異様に泥の輝きのなかを
逃亡だ

3　（なんてすてきな球体だろう）

閾をひらく
とは
広場の真ん中の
ゲニウス・ロキの指に乗る　なんてすてきな
球体だろう　鏡面をなす　そのうえで
ものみな　歪みながら伸長し
あちらへ曲がり　こちらへ捩じれ
ごらん　未知への　なんて球体な　くつろぎだろう

4　（眼であること）

闔をひらく
とは
眼であること　ただ眼であることが
頭部へ　少年の頭部へ
嵌め込まれ　こんなにも哲学しているんだろうか
と思えるほど
眼は何もみていない
むしろその眼を　私たちが覗き込む
覗き込む
するとみえてくるのだ

少年の私たちの　まだいくらか幼い脳のなかの
おののきの　小泡の
ぱつんぱつん
弾けているのが

5　（静かな騒擾）

閾をひらく
とは
ほらここに　この壜に
空の青から採取してきた　かぎりなく静かな
騒擾が　閉じ込められて
いるよ　ラピスラズリ
まわりを　私たちのような
がらくた
紙の束

6（囚われのニジンスキー）

閾をひらく
とは
あれは　あの眼の
囲繞のなかに
いるのは　ニジンスキー
すでに赤錆びた　処刑機械をまえに
ゆらぎ　もだえ　ねじ切れるような
囚われのニジンスキー
ではないかしら

7 （これほどの大きな柩でさえも）

閾をひらく
とは
方舟
にも似た館
にも似た　これほどの大きな柩　でさえも
ひどい生だった　ひどい生だった
と言いながら
手すりや柱にまつわりつく
声の錆
声の剝落

8（黄金の子午線）

閾をひらく
とは
ほら　まれでありつかのま
空隙ができるから
そこに私たち　浮かび出てしまいました
石とガラスのあいだ
ガラスと鉄のあいだ
目的もなく　方向もなく
そうして私たち
かすか　黄金の子午線に貫かれていきます

9（もうほとんど涅槃）

閾をひらく
とは
かのダビデ像よ語れ
語り得ぬ正午の私
ただの後ろ姿となって　屋根に立ち
こんなにも押し上げられ　こんなにも光を浴び
しかもなお硬い　石のままの私
私よ　そう
光の舌に舐め尽くされて
つかのま　首から下は

涅槃　もうほとんど涅槃
手は手のまま手を超え　男性は男性のまま男性を超え

10（孤独な者はまず踊れ）

閾をひらく
とは
格子から格子へと
孤独な者は　まず踊れ
他の孤独な者を　つぎつぎと呼び寄せ
そこに熱い共同が生まれる
という
ボレロ
ゆれるハガネの草
のような

共同が

11 （夜の果てに）

鬮をひらく
とは
眠れない夜の果てに
おおこそばゆく
ちちっと
虫
に刺された処女の太腿の赤らみ
のような朝

12 〈閾をひらく〉

閾をひらく
とは

薄明のサウダージ異文状片

第一番 (薄明を遊びつくせ)

薄明の町に住むやうになつて久しい。昼もなく夜もなく、ずつと薄明だけがつゞくやうな、ありえないさういふ町。したがつて、それはどこにあるのか、と問ふことは、あまり意味がない。

むしろ薄明とは、空に巨きな魚が浮かんでゐたりしたらすてきだと思ふことであるから。するとどんな町にゐようと、どんなに白昼であらうと、薄明があなたに訪れる。私の場合もさうだつた。ほの赤い空を背に、葉を落とした木が毛細管のやうな枝をひろげてゐたのである。

私は歩き始めた。しかしどこかふはふはした感じがあつて、どうも地上を歩いてゐるといふ気がしないのは、そのうちに、さつき空に浮かんでゐたらすてきだと思つた魚に、私は乗つてゐるのであるから。それが薄明といふこと。しかし薄明とは、魚が鳥のやうには飛ばないし、落ちもしない。たゞ浮かんでゐるだけ、だから魚はおそらく時間といふ形式からも自由なのだ、と思ふこと。

ついでに私も自由かどうかは、わからないのであるから。魂をまねて輝く月といふ名の黄斑が、そんな私たちを飽かず眺め下ろしてゐる。やがて全き夜が、あるいは昼が、私にだけ重力についてのありきたりな真理をもたらすとしても、それまでは私よ、薄明を遊びつくせ。だがそれは、遊びを薄明しつくせ、と言つても同じことだ。遊びも薄明も、その外はもたないのであるから。

第二番（ほらこゝが劇場です）

いつからであらうか、発端はもう知られてゐないのである。それでも、くすんだ空の青に血の色の混じるゼリイ寄せのやうな薄明の町を、私はさまよひ歩いてゐた。友人が出る芝居に招待されたのだが、劇場の場所がわからない。するとふたりの役者のやうな通行人がやつて来て、ほらこゝが劇場です、と言つて青い小さな扉を指し示すのであるから、中を覗き込む。間違ひであつた。私は言ふ、同じ血の色をしたゼリイ寄せのやうな町がひろがつてゐるだけ、劇場なんかないではないか。いやありますよ、通行人はなほも言ひ、どこに、と私ものめり込み、勢いあまつて、扉の中のその町に入り込んでしまふ。さうしてまたさまよふことになつたのである。

劇場はどこですか。するとふたりの役者のやうな通行人がやつて来て、ほらこゝが劇場です、と言つて青い小さな扉を指し示すのであるから、中を覗き込む。埒もないことであつた。またも血の色をしたゼリィ寄せのやうな町がひろがつてゐて、なんだよこれ、と思ふほどに、消えろ消えろ、となにやら台詞のやうなものがきこえてきた。ほんの自分の出番のときだけ舞台のうへで見得を切つたり、わめいたり、そしてとゞのつまりは消えてなくなる。え？　誰？　シェイクスピアみたいないまの台詞、と思ふほどに、私もまた役者の出で立ちで、月が出た月が出て地には卵黄ラブソング、などとわめき始めてゐたのであるから。

たとへばその卵黄の中に、おそらくまた、くすんだ空の青に血の色の混じるゼリィ寄せのやうな薄明の町があり、劇場の青い小さな扉があるのに違ひない。

第三番（模造の象のうへで）

かつて、すべては像であつた、石は石の、光は光の、象は象の、と模造の象のうへで喚いてゐるあれはだれか。

なるほど、雲の二乗と二倍の雲の和は雲の像であつたし、女を二乗して三倍の私の影に加へたものから空気を引けば、ひとひらの海のやうな像であつた。女を四倍にして海を引くと、女と私を足して二倍にした風に、さらに一本の樹木を加へたものに等しい、といふ像であつたし、時のたまり場から虹や雪片を引いたものを二乗すると、女に私を掛けて涅槃を引いた墳墓に等しい、といふ像であつた。狂ほしいまでに像であつた。

それが薄明といふもの。たとへ墳墓と母の三乗がくつついて墳墓の影にかゝりさらに墳墓の二乗で割られると墳墓の二乗と母との積の影が得られるとしても、像であつた、すべては像であつた、石は石の、光は光の、象は象の、狂ほしいまでに像であつた、と模造の象のうへで喚いてゐるあれはだれか、だれの像か。

と問ふまにも、さうだ眼底に、太陽の埋葬を忘れるな。

第四番（復活）

あれについて私は、私たちとなつて、声をひそめて話す。あれがこの路地を通つて行つたといふのだが、ほんたうだらうか。信じられない。だいいち、狭すぎる。この路地はひとひとりやつと通れるやうな狭さだ。路地と言ふよりはスリット。いや、空間の大きい小さいではないかもしれない。人が通ることができればあれも通れる。そしてあれが通れば、血も流れる。さあ、どうだか。では確かめに行かう。

しかしやはり信じられない。いや信じられる。ほら、何か聞こえてこないか。音楽のやうな、金管の叫びのやうな。さうか、仮にもし血が音楽でできてゐるとしたら、血は流れたと言へるのではないか。

　そんなふうに、あれについて私は、私たちとなつて、声をひそめて話す。あれはあれと言ふしかないのであれと言つてゐるのだが、そのあれについて。

　でもどんな音楽？　するとそれまで話に加はつて居なかつた私のひとりが、いきなり脇から、フェルマアタめく血小板のあひだを、ヘモグロビンが狂ほしく咆哮するんだ、吹いてみようか、と言ひ出す。まるで息せき切つて。なんだおまへは？　みると、手にはたしかにトランペットを持つてゐる。といふことは、おまへもあれのひとりなのか？　まさか。ただ、あれそのものではないが、あれの影のひとつ、と言ふことはできるかもしれないな。

　いや、あれこそが私たちの影でせう、あれは私たちを通してしかあらはれることができない、といふやうなことを言ひ出す別の私まで出てきて、路地の前はにはかに議論の場となる。あれの形而上学。と言ふか、薄明ではだれもかれもが影になるんぢやないの。さうさう、光もまた老いるし。光も老いる？　どういふこと？

しつ、静かに。私である私たちのリイダアが口に指をあてて言ふ。あれに聞かれたらどうするのだ。とにかく時間がない。この路地の奥へ、確かめに行くしかないのだ。路地の両側は高層の建物で、見上げると、左右から建物の壁が湾曲して、天頂でひつつきさうだ。こはいな。そりや、俺だつて、こはいといふ気持ちはどうしやうもなくあるよ。リイダアが言ふ。でも、あれが復活してしまつたのだ。さう、あれが復活してしまつたのだ。私であるほかの私たちが斉唱する。

第五番（自転車乗りのうた）

薄明の赤黒い空の下における人とモノとの関係について、考察を深めなければならない。

たとへば男が自転車を追つてゐる。自転車がひとりでに動き出してしまつたのである。坂の傾斜があるからか、いやむしろ、それはまるで、馬かなにかのやうに、愛用の自転車が主人たる男から逃げようとしてゐるやうにみえる。男はたくましい。専門の自転車乗りかもしれない。「おい、自転車よ、こんな薄明になぜ逃げる、俺の自転車だらう」と男は喚く。たしかに、彼が乗ればこそ、自転車は輝き、美しくもなるのかもしれない。彼が乗ればこそ、自転車のそのみつともない触角のやうなハンドルもしなやかに動き、丸めがねみたいな車輪も、繊細にふるへ光る一対の銀翅となるのかもしれない。

しかし自転車は止まらない。「おい、自転車よ、こんな薄明になぜ逃げる、俺の自転車ぢやないか」と男はなほも喚く。たしかに、彼が乗らなかつたらどうなるだらう。自転車はただの黒や赤のフレエムにすぎなくなり、あげくはあの放置された自転車と同じ運命を辿る。日に晒され、雨に打たれて、やがて錆のまどろみに没していくのだ。

しかし自転車はなほも逃げていく。「やばい、やばいよ」と男がそれを追つていく。何がやばいのか。察するに男は、かう思ひはじめてゐるのだ。「こんな薄明におまへが逃げたりするから、俺だつてたゞの人間になつてしまふ。重力に抗ふ悦びも忘れ、あの滑稽な直立歩行を生涯のつとめとして、あげくあふむけに棺に横たへられたりする、ただの人間に。」

薄明の赤黒い空の下における人とモノとの関係について、とりわけ所有と被所有の本質的浮動性について、さらに考察を深めなければならない。

第六番（遠いオレンヂ）

遠いオレンヂ、ときみは言ふ。さう、遠いオレンヂ、と私も応じる。そのめくるめくやうな周縁、筆舌に尽くしがたい中心……

私たちはどこから来たのか、私たちとは誰なのか、そしてこれからどこへ行くのか、といふ古びた問ひを耳にすることがあるけれど、ほとんどナンセンスだ。おぼえてゐるだらうか、あるとき私たちは遠いオレンヂに連れて行かれたのにちがひなく、それから果実と時は混じりあひ、いまかうして、私たちが臨んでゐる終はりのない赤黒い薄明、それが出来上がつてきたのだ。こゝは彼方であり、彼方はこゝである。といふか、遠いオレンヂにあつては、こゝも彼方も分節され得ないのである。

したがつて、欲望とは死にたいとさゝやく海鼠、ミッションとは柔肉とかくれんぼする断崖、細胞とはかゞやく黒揚羽のまゝの眩暈、星辰とは蠅が生まれるやうに個をつらぬく傷痕、と来て、ではつぎに、私たちとは誰だらう。

答へはない。遠いオレンヂは、遠いオレンヂとしか言いやうがないのと同じやうに、内在することのおのゝきと喜びへ、名すら欠いて。ただ、そこへ私たちは、ふたりとして浮かび上がつてゐるのであり、これ以上の神秘があるとも思はれないのだ。ふたりであることは、労働者であるとか、同じ言語を話す者であるとか、私たちをめぐるほかのあらゆる規定を越えてゐる。薄明のなかで私たちは、つねにすでにふたり——互ひが互ひの顔を照らし出すやうに、あるいは言葉が言葉を蔽ひあふそこだけ蝕となるやうに、ふたりなのだ。

遠いオレンヂ、ときみは言ふ。さう、遠いオレンヂ、と私も応じる。そのめくるめくやうな周縁、筆舌に尽くしがたい中心、そしてそれらをつなぐかぎりなく静かな騒擾……　だが、やがてそこへ、ふたりの眠りもふはりと運ばれてしまふのにちがひない。

第七番（都市と歳月と眠りと）

都市と歳月と眠りと、すべてがそこに積まれてゐる船、それが薄明に浮かんでゐる。すでにして遊星のやうだ。方向もなく、目的もなく、さまよつてさへゐないといふふうで、ただ、重力には繋ぎとめられて、さう、すでにして遊星のやうだ。私たちはそこに閉じ込められてゐる――それだけがたしかなこととして感じられる。

なぜ閉じ込められてゐるのか、かつては私たちにも、潮のざわめきのなかへと出発した輝かしい日があつたのか、もう知る由もない。いまはたゞ、来る日も来る日も、忘却と慰撫の作業に明け暮れてゐる。ほかにすることがないのだ。賭け事にダンスパアティー、あるいは各自の船室でのもつと秘めやかな行ひ。だが私たちは、まるごとそれらを楽しんでゐるわけではない。じつさい、ときをり、卓上にはカアドがゲエムの途中で放り投げられ、そのへりに、途方に暮れた私たちの顔また顔が並ぶ、といふやうなこともある。もしも私たちに、どこか帰り着くところがあれば、とそんな思ひがよぎるのである。

そんなとき、遠隔の者の声が聞こえる。船はおまへたちの頭のなかに存在するにすぎない、陸に戻りたければゲエムに没頭することだ。またべつの遠隔の者は言ふ。船はおまへたちを育んできた揺籃そのもの、たゞ素直にそれに運ばれてあることをよろこぶべきだ。しかし船を浮かべてゐるおそろしく不可知な雲のやうな海、あるいは海のやうな雲の存在については、誰も何も言はない、いや、言へないのだ――おそらく、たとへ遠隔にあつて私たちを観察し、あるいは監視することができる者であつても。

都市と歳月と眠りと、薄明と貨幣と病ひと、すべてがそこに積ま

れてゐる船。もうどこに帰り着くといふこともなく、すでにして遊
星のやうだ。

第八番　（さうだサアカスを見に行かう）

薄明がいよいよ増してきたら、私たちはもう麻痺の状態にとりこめられて、そのくせどこかへ出かけてみたい衝動に駆られる。どこか遠くへ。それは必ずしも空間的な距離だけをいふのではない。時間的な距離、つまりどこかなつかしさを感じさせる場所へも出かけたくなるのだ。そのはうが麻痺の状態ともなんとなく折り合ふのである。

たとへばサアカス。街はずれの空地でサアカスの興行が始まつてゐたら、迷はずにそれを見に行かう。ほらあの天幕。外からはただの白い覆ひがみえるだけだが、中には全くの異界がごつそり移動してきてゐるのだ。ゆあーんゆよーんといふ空中ブランコの音さへ、聞こえてきさうではないか。玉乗りの女曲芸師だつてゐるし、猛獣に炎の輪をくゞらせる猛獣使ひだつてゐるだらう。

だが彼らは、困難や危険を飼ひ慣らし、醒めた驚異や陶酔を張りめぐらしてゐるにすぎない。主役は私たち観客のはうだ。ほとんどもう目玉だけの存在となつて、ひたすら、円形の舞台で繰り広げられる驚異をみつめる。それはまるで、自分のほかのパアツ、つまり内臓がごつそりその円形へと、もつともしなやかに奪はれてあるかのやうだ。

いずれにしても、驚異は円形の中に封じ込められ、決してその外には出ていかない。ましてや、茶色い戦争に混じり合つたりはしない。保護され秘匿されてゐるとも言へるのであつて、興行が終了したらあとかたもなく天幕は撤去され、ひるひなか、そこにはペンペン草が揺れてゐるだけ――

いや、さうではない。サアカス団員のうちには、ひとりきはめて不穏な存在がゐて、それは言ふまでもなく道化師であるが、彼だけは、天幕が撤去されてからもこつそり町なかに出て、人の崩壊をあやつりつゞける。真に恐ろしいことではないだらうか、殺人事件の現場やレエス後の競輪場の荒廃、あるいは離婚調停のやりとりの背後、さうしたところには絶えずピエロの影がちらついてゐるのだ。世界こそは彼の果てのない内臓なのである。いや、彼の果てのない内臓が世界を取り込んでしまつてゐるのである。

第九番 （形而上学のやうに言ふなら）

形而上学のやうに言ふなら、薄明は行為の空間のうちにはない。行為から行為へと時間が推移するあひだもしくはひだ、それが薄明である。したがつてそこでは、まさにいま私が陥つてゐるやうに、薄明とは何かについて形而上学的にたはむれることぐらゐしかできない。

犬と狼のあひだ、トワイライトゾオン、そこにゐるのは誰か。薄明のなかでわれわれは、だから、たゞ茫然としてゐる。何かに集中しようとしても、べつの何かの闖入に気をとられてゐるうちに、最初の何かはどこかへ雲散霧消してしまふ。

かうしてたとへばあらゆるゲエムは中断され、あらゆる勝ち負けが廃材のやうに無造作にころがつてゐる。あるいは、すべてのレエスを終へた競輪場の荒涼とした払戻し窓口。それが薄明である。

またたとへば、誰の心のなかにも、わけのわからないものがひそんでゐるとして、薄明のさなか、われわれはそれを相手に右往左往しはじめるのだが、それはするりと捕捉を拒み、あとにはたゞ不思議な欠落感が赤黒くたゆたふだけとなる。

ほらまたいましがた、たしかにわれわれの背後を、何かとても大切なものが通り過ぎていつたのに、われわれは茫然としてゐて、そのことに気づかなかつた。だから明日、子供たちの病ひは癒えず、ひとは微笑みを失ふだらう。それが薄明である。

薄明に身を置くといふことは、つまり最初から敗北を宿命づけられてゐる賭けに参加するやうなものだ。だからといつて、昼から夜へ、夜から昼へ、薄明を避けるわけにもいかない。

ではどうしたらよいか。答へはないが、これまで述べてきたのとは逆の悦ばしい事例もあることを書き添へておかう。たとへば誰もゐなくなつたほの暗い伽藍で、あなたは主のことばが降りてくるのを待つてゐる。するとあなたはすでに充実した待機の姿勢にあり、かりにそのとき主のことばが降りてこなくても、それはすでに約束されたものとして、豊かな沈黙のまゝに与へられてゐるやうに思はれるのだ。それもまた薄明である。

第十番（花鳥）

ここに、この薄明の窓辺に、アネモネだらうか、鮮血を練り込んだやうな色の花が一輪、私の手に保持されてゐて、そこへ、種類はさだかでないが、さへづりを忘れたことだけはたしかな鳥が一羽、止まりにきてゐる。鳥は何をしたいのか、この花を銜へて飛び立ちたいのか、それとも私になにか用でもあるのか、なんとなく曖昧に翼を休めてゐるといふふうだ。

そこで私は、かう提案した。むかしはおまへたち、花鳥といつて、うたの恰好の題材であつたのに、いまは誰もおまへたちのことなんか、うたはない。だからおまへたちをまるごと過去に送り返してやらう。さうすればおまへたちの出番もあらうといふものだ。

どうやつて？　鳥の顔がさう言ひたげだ。

私は説明した。薄明は時間が錯誤しやすい。いゝか、ぢつとしてゐろよ、薄明がどんどん濃くなつていけば、それだけでタイムスリップできる。ほら、あそこで着物姿の人たちが湯豆腐をつゝいてゐる。その湯気が命のはての薄明かりのやうではないか。いや、さへづりを忘れた鳥よ、おまへがこの花をくちばしに銜へて、薄明の空を飛んでゆけ、するとそのまゝ過去だらう。

鳥が失笑してゐる。

私はつゞけた。ところでこの花、どこで摘んだと思ふ？　ほら、きのふあの辻のアパアトで殺されたかなしい女の、ゆびとゆびのあひだからさ。むかしとある詩人が「殺人事件」といふ詩を書いたことがあるが、そのモデルになつたアパアトといつてもいい、おそろしくレトロな現場だ。そこへおまへたちを連れて行つてもいい。

するとに鳥が答へて、それには及ばないと言ふ。こゝからあなたが消えてくれさへすれば、薄明もアネモネも私も、そのまゝで過去だ。

私たちを愛でる人がこの窓辺にあふれ、私はさへづりを思ひ出すだらう。さあ、消えてくれ。

第十一番（空中の人は考へる）

薄明とは、くすんだ空の青が、さながら呼気から吸気への中間休止のやうにひろがつて、その下に時間という奔流を吊る遊び。

したがつて薄明には、昼間では考へられないやうな様々なことが起きるが、たとへば空中に人が浮いてゐる。まさかと思つて眼を凝らすが、たしかに浮いてゐる。

そこで、空中の人も考へてゐるだらう。なぜいま自分はふはつと浮いてゐるのか。重力からの不意の解放？　まさか。ほんたうは千鳥足でまだ地上を歩いてゐるのに、酩酊のせゐでふはつと浮いてゐるやうな気がしてゐるだけではないか。いやちがふ。酔つてゐたのはたしかだが、そのせゐで車に轢かれ、正真正銘自分はいま昇天しつゝあるのかもしれない。しかしその考へもすぐさま否定される。いまだ霊肉は、自分のうちで内臓と内臓脂肪のやうにくつついてをり、容易に分離されないであらうことが体感されるからだ。

結局のところ、あらゆる推測を越えて、空中にふはつと浮いてゐるといふ感覚だけが事実として浮き上がり、したがつて空中の人は、このふはつ、を大事にしたいと考へる。水面に映つた塔のゆらぎのやうな、あるいは羊水に浮く胎児の、生誕を前にした束の間のくつろぎのやうな、ふはつ。あらゆる悲哀、あらゆる憤怒を町に残して、空中の人は、花の繊細さのまま、ほとんどもう気化してしまひさうなのだ。生きるつてアロマだつたんだ、といふたまゆらのふはつ、あたりはもうどんどん薄明を濃くしていつて、それとはうらはらな、身を焦がすほどの輝度のふはつ。

薄明の外のことは私たちの知るところではないが、ときをり真昼の路上に墜ちてゐるといふ鳥の遺骸は、そのやうな空中の人の成れの果ての姿かもしれない。

第十二番（薄明が終はるとき）

薄明が終はるとき、私もまた終はる。それは仕方ない。薄明のあひだずつと、死は謂はば、私において熟しつゝあつたのだ。さうでなければ、いま、あなたによつて、不在の私がこんなになつかしく、こんなに逆さになるまで、想起されたりはしないだらう。つくづく、私とは私への郷愁にほかならないと思ふ。

いや、この運河――私を逆さに映し、鳥を空へと墜落させるこの天鵞絨のやうな運河の流れも不在だし、ぐるりの、割れた柘榴のやうにひろがるこの黙示録的な街も不在だ。さうでなければ、こんなにも薄明があなたの心を捉へるはずもあるまい。

いま、私はといへば、完全な生きた死体として、夜の、あるいは昼の側へ、送り込まれてゆく。さやうなら、女を二乗して三倍の私の影に加へたものから空気を抜けばひとひらの海であつたり、女を四倍にして海を引くと、女と私を足して二倍にした風にさらに一本の樹木を加へたものに等しかつたり、まるで world's end に臨んでゐるやうに楽しかつたけれど、それも畢竟、さはさはと眩暈よ散れ、なのだらう。

さやうなら、百ものゆらぐ塔の向から、冬木の枝のやうな毛細管と、魂をまねて輝く月といふ名の黄斑と、それらはここに残しておかう。つぎの薄明のとき、ほかならぬあなたがそれらを身にまとふであらうから。言ひ換へるなら、薄明とは、眼底から眼底へと、ひとのあひだを音もなく運ばれてゆくものであらうから。

さはさはと眩暈よ、散れ。

目次——薄明のサウダージ

夜の臍

跳ね月クロニクル

闢をひらく

注記と謝辞

本書を成す連作のうち、「薄明のサウダージ」は「月刊美術」二〇一一年六月号〜二〇一二年五月号に初出。画家宮崎次郎氏の絵とともに連載された。「跳ね月クロニクル」の多くは、「現代詩手帖」一九九八年一一月号に初出。このうち、「プラネタリウムが燃えている」「コクーンのようだね」「デュビュッフェ片その他の片」「危機は去った」の四篇は、『狂気の涼しい種子』からの再録である。「閾をひらく」の多くは、美術家北川健次氏との共同展「渦巻カフェあるいは地獄の一時間」（森岡書店、二〇一三年五月）に、北川氏の写真作品とともに展示された。その他の詩篇の初出は、「現代詩手帖」「hotel 第2章」「詩の練習」「GATE」「詩客」などである。諸誌の編集人の方々、そしてとりわけ、宮崎次郎氏と北川健次氏に謝辞を捧げたい。

野村喜和夫

野村喜和夫――

一九五一年生れ。

詩集
『川萎え』(一九八七年・一風堂)
『わがリゾート』(一九八九年・書肆山田)
『反復彷徨』(一九九二年・思潮社)
『特性のない陽のもとに』(一九九三年・思潮社)
『平安ステークス』(一九九五年・矢立出版)
『野村喜和夫詩集』(現代詩文庫／一九九六年・思潮社)
『草すなわちポエジー』(一九九六年・書肆山田)
『アダージェット、暗澹と』(一九九六年・思潮社)
『風の配分』(一九九九年・水声社)
『狂気の涼しい種子』(一九九九年・思潮社)
『幸福な物質』(二〇〇二年・思潮社)

『ニューインスピレーション』（二〇〇三年・書肆山田）
『街の衣のいちまい下の虹は蛇だ』（二〇〇五年・河出書房新社）
『スペクタクル』（二〇〇六年・思潮社）
『稲妻狩』（二〇〇七年・思潮社）
『plan 14』（二〇〇七年・本阿弥書店）
『言葉たちは芝居をつづけよ、つまり移動を、移動を』（二〇〇八年・書肆山田）
『ZOLO』（二〇〇九年・思潮社）
『ヌードな日』（二〇一一年・思潮社）
『難解な自転車』（二〇一二年・書肆山田）
『芭（塔（把（波』（二〇一三年・左右社）
『久美泥日誌』（二〇一五年・書肆山田）
『よろこべ午後も脳だ』（二〇一六年・水声社）
『デジャヴュ街道』（二〇一七年・思潮社）
『骨なしオデュッセイア』（二〇一八年・幻戯書房）
他に、評論、エッセイ、翻訳など。

薄明のサウダージ＊著者野村喜和夫＊発行二〇一九年五月二〇日初版第一刷＊発行者鈴木一民発行所書肆山田東京都豊島区南池袋二—八—五—三〇一電話〇三—三九八八—七四六七＊装幀亜令＊組版中島浩印刷精密印刷ターゲット石塚印刷製本日進堂製本＊ＩＳＢＮ九七八—四—八七九九五—九八六—七